AF312362

CATALOGUE

DE

PIERRES

LITHOGRAPHIÉES

ET

PLANCHES DE CUIVRE ET ACIER

Composant le fonds d'Éditeur

De M. LORDEREAU

DONT LA VENTE AURA LIEU

Pour cause de cessation de commerce

A SON DOMICILE

RUE SAINT-JACQUES, 55

Les Lundi 8 et Mardi 9 Janvier 1877

A UNE HEURE PRÉCISE

Mᵉ **MAURICE DELESTRE**, Commissaire-Priseur,
Successeur de M. DELBERGUE-CORMONT,
rue Drouot, 27,

Assisté de **M. VIGNÈRES**, marchand d'Estampes,
rue de la Monnaie, 21,

CHEZ LEQUEL SE DISTRIBUE LE CATALOGUE

PARIS — 1877

CONDITIONS DE LA VENTE

———

Les **Pierres**, **Cuivres** et **Aciers** et autres Objets de la vente devront être enlevés avant le *Samedi 13 Janvier soir*.

Les Objets adjugés seront livrés sur la présentation du bordereau acquité.

L'ordre du Catalogue sera suivi.

Le nombre des Épreuves sera annoncé au moment de la vente.

La mesure des Pierres est en centimètres.

Au comptant, CINQ POUR CENT en plus des enchères, applicables aux frais.

———

M. VIGNÈRES, dirigeant la Vente, se charge des Commissions.

NOTA. Toute commission sans prix fixé ou sans limite déterminée sera regardée comme nulle.

M. VIGNÈRES se charge de faire marquer les prix aux Catalogues des Ventes qu'il a faites. Les personnes qui le désirent peuvent s'adresser à lui *franco*.

Plusieurs Amateurs éloignés en ont reconnu l'utilité pour les guider dans leurs achats sur les valeurs des Estampes.

Les Catalogues des Ventes à faire seront envoyés aux personnes qui en feront la demande *affranchie*.

AVIS. — Nous prions MM. les Amateurs éloignés de ne pas attendre au dernier jour, pour que les lettres arrivent le matin de la vente; la distribution des lettres se faisant après mon départ.

———

M. VIGNÈRES se charge des Commissions dans les Ventes de Livres et Estampes autres que les siennes.

		792
23	Cadres	9
1	Esquisse de Fragonard	3
10	Tableaux	18
1	Atelier d'Horace encadré	11 50
1	Retour de l'île d'Elbe encadré	19 ..
2	Chiens du régiment, encadré Troupel	24 ..
1	Cadre or lithog colorié	2 ..
1	Tableau St. Pierre	11 ..
1	—— St Jean	7 ..
39	Cadres	4 50
6	Paysages à l'huile sur bois	8 50
11	Sur toile	23
12	Toile	14
8	Ovales bois	10
15	Sur toile	20
16	Sur toile	29
6	Sur toile	9
11	Sur toile	16
17	Sur toile	15
12	Sur toile	16
29	Sur toile	17
49	Sur toile	33
36	Sur toile	28
24	Sur toile	25
28.	2 Chemins de croix et à l'huile	9
18	Chemin de Croix photog. et plaqué Palissy	9
		1182 50

		1184 30
2	Ch. de croix dont 1 sous verres	5
40	Cadres baguettes chinique	8
44	Panneaux ovales dont 4 carrés	3
14	baguettes et croix	7
3	Rouleaux de gravures	22
1	Comptoir	20
1	Bureau	16 50
1	Fauteuil de bureau	14
1	Gde Vitrine profonde Herbé	45
1	Gde. Vitrine Herbé	30
1	Presse à copier avec s/ pied	7
1	Gde Presse	55
1	Presse	23
2	Presses	20
9	Rouleaux	5
1	Banquette et 2 tabourets Bouillon	6
1	Comptoir Herbé	8
	Lot de gravures Prudhomme Pavé	2 50
19	Cartons épais Bertrand	7 50
		1487 ..

Prix de tirage.	Tirage
32	923.
12	348
25	7 24
40	1314
35	1001
25	144

CATALOGUE

DE

PIERRES LITHOGRAPHIÉES

Pour tirage demi-cavalier

—◦❊◦—

ÉTUDES

Valeur de Pierres		
96	1 **Études** de dessin linéaire. Collection de 12 pierres grises de 42-32.	32
40	2 — Cours d'ornements Collection de 10 pierres grises de 32-27 et 37-27, dont 3 pierres *doubles*.	38
56	3 — Principes de dessins. Collection de 9 pierres, 6 grises, 3 jaunes de 37-27, 43-32.	28
40	4 — Leçons de dessin. Collection de 11 pierres grises de 32-25, 38-26, etc,.	31
210	5 — Petit cours de dessin par *C. Brunard*. 20 pierres grises 42-32 et 48-32.	105
150	6 — de Têtes pour le dessin. Collection de 33 pierres grises de 37-27 et 4 de 43-32.	73
105	7 Études de Paysages, de *H. Noël*. Collection de 14 pierres grises de 43-32 et 2 de 37-27.	45

SUJETS RELIGIEUX

8 Chemin de Croix. Couverture par *Urruty* et quatorze Stations. 15 pierres grises dont 1 jaune de 32-27, 38-27, 43-27, etc.

9 Saints, Saintes et Sujets religieux à 4 à la feuille. Collection de 18 pierres, 13 grises et 5 jaunes, 42-33, 44-33, etc.

10 Saints, Saintes, Madones et Sujets religieux à 2 à la feuille. Collection de 37 pierres, 25 grises 42-33, 44-33 etc., 12 jaunes, 42-33 43-33, etc.

11 Saints en buste. Amable, Antoine, Augustin, Charles, Claude, Édouard, Ernest, Étienne, François d'Assise, de Paule, de Sales, Xavier, Régis, Henri, Honoré, Jean 4, Joseph, Laurent, Louis roi, Gonzague, Luc. 24 pierres grises et jaunes 30-25, 33-27, 37-27, etc.

12 — Marc, Martin, Mathieu, Pierre, Stanislas, M. Sibour, Vincent, Le Sauveur du monde 2, Jésus-~~Christ~~ 5, Cœur de Jésus 3 Ecce Homo, Sainte Face, Cœur de Marie 2, la Vierge 4, 25 pierres grises et jaunes 34-27, 37-27, etc.

13 Saintes en buste. Adélaïde, Aglaé, Agnès, Aimée, Alexandrine, Anastasie, Angeline, Anne, Apolline, Aurélie, Benoite, Bernardine, Berthe, Brigitte, Camille, Caroline, Catherine, Cécile, Céline, Céleste, Christine, Claire, Clarisse, Clotilde, Constance, Césarine. 26 pierres grises et jaunes, 35-27, 38-27, 44-33, etc,.

Tirage   Prix
                      Tirage

11 Call. noir   11
   105/16.

1850 noir   55
  72 Coulu   5
1922   70

5440 noir   190
 234 Coul   17
5674   207

2565 noir   100
 736 Coul   88
3301   188

2983 noir   104
1587 Coul   111
4570   215

2190 noir   75
 313 Coul   23
                      98

Prix
tirage   Tirage

82   2285 noir
26   385 coul
―――   ―――――
108   2670

87   2505 noir
30   432 coul
―――   ―――――
117   2937

78   2244 noir
23   328 coul
―――   ―――――
101   2572

43   1228 noir
28   421 coul
―――   ―――――
71   1649

74   2121 noir
31   444 coul
―――   ―――――
105   2565

14 — Denyse, Éléonore, Élisabeth, Élodie, Éloïsa, Émelie, Ernestine, Estelle, Eugénie, Eulalie, Euphrasie, Euphrosine, Félicité, Flavie, Flore, Florentine, Françoise, Florence, Gertrude, Gabrielle, Hélène, Henriette, Honorine, Hortense, Irma. <u>25</u> pierres grises et jaunes, 37-27, 40-33, 44-33, etc.

15 — Jeanne, Joséphine, Julie 3, Justine, Judith, Léocadie, Louise, Léontine, Madeleine, Marguerite, Mathilde, Mélanie, Modeste, Monique, Marianne, Marceline, Vierge à la chaise, au raisin, Auxiliatrice, des Grâces, des Sept Douleurs, de Bon-Secours, Marie, <u>26</u> pierres grises et jaunes, 34-27, 37-27, etc.

16 — Nathalie, Olympe, Paule, Pauline, Pélagie, Philomène 2, Prudence, Reine, Rose 2, Scholastique, Séraphine, Sophie, Suzanne, Thérèse, Ursule, Valentine, Véronique, Victorine, Virginie, Victoire, ~~etc~~. <u>24</u> pierres grises et jaunes, 33-26, 37-27, 43-32, etc.

17 **Saints en pied**. Alexandre, Alexis, Alfred, Alphonse, Amand, Amédée, André, Angel, Anselme, Antoine, de Padoue 2, Auguste 2, Adolphe, Adrien, Bernard, Blaise, Benoist, Barthélemy, Camille, Charles, Crépin, Claude, Charles Borromée, <u>26</u> pierres grises et jaunes de 32-27, 38-27, etc.

18 — Christophe, Clément, Charlemagne, Constant, Denis, Dominique, Edmond, Éloi, Émile, Ernest, Étienne, Eugène, Euzèbe, Félix 2, Fiacre, Firmin, François, d'Assise, de Paul, de Sales, Xavier, Ferdinand, Frédéric, Géorges. <u>28</u> pierres grises et jaunes de 32-27, 40-33, etc.

71   19 — Gonzalve, Grégoire, Guillaume, Gustave,   120
Germain, Gilbert, Gaëtan, Henri, Hippolyte,
Honoré, Hubert, Ignace, Innocent, Isidore,
Jacques, de Compostelle, Jean Baptiste 3, Évan-
géliste 4, François Régis, Népomucène, Jérôme,
Joachim, Joseph. 28 pierres grises et jaunes de
32-27. 38-27, etc.

61   20 — Jules, Julien, Juste, Laurent, Lazare, Léon,   110
Léonard, Léopold, Louis roi, de Gonzague.
Confrérie de Saint-Leu et Saint-Gilles, Luc,
Lucien, Marc, Martial, Martin 3, Mathieu, Mau-
rice, Manuel 2, Michel, Narcisse, Nicolas. 26
pierres grises et jaunes de 32-27, 37-27. etc.

76   21 — Pascal, Paul, Ermite, Philippe, Pierre 3,   135
Alcantara, Nolasque, Philibert, Raphaël, Roch,
Rodrigues, Romain 2, Sébastien, Simon, Sym-
phorien, Théodore, Thomas d'Aquin, Théophile,
Valentin, Vincent Ferrer, Victor, Vincent, Vincent de Paul. 26 pierres grises et jaunes de
32-27, 44-33, etc.

68   22 — Sujet de l'histoire de Jésus et autres Sujets   150
religieux, 33 pierres grises et jaunes de 32-27,
42-32, etc, formeront 2 lots

76   23 **Saintes en pied**. Adèle, Antoinette, Alphon-   120
sine, Adélaïde, Agathe, Anne, Angélique, Aimée,
Amélie, Augustine, Brigitte, Barbe 2, Caroline,
Clémence, Catherine 2, Claudine, Clémentine,
Cécile, Colombe, Claire, Delphine, Désirée,
Dorothée, 27 pierres grises et jaunes de 32-27,
37-27, etc.

Tirage   Prix
                      tirage

1375 noir   65
 849 couleur   50
————   ———
2724   124

2459 noir   85
 814 couleur   28
————   ———
3273   113

2211 noir   77
 546 coul.   38
————   ———
2700   115

2880 noir   100
 697 coul.   54
————   ———
3577   154

1876 noir   65
 290 coul.   20
————   ———
2166   85

Prix   tirage
tirage

80   2303 noir
60   868 coul
140   3171

50   1464 noir
36   525 coul
86   1989

115   3322 noir
73   1070 coul
188   4392

66   1908 noir
20   282 coul
86

57   1667 noir
35   511 coul
92   2178

115

24 — Eulalie, Euphémie, Euphrasie, Émélie, Eugénie, Félicité, Françoise, Florentine, Geneviève 4 Gilberte, Germaine, Hortense, Hélène, Joséphine, Julienne, Juliette et Saint-Cyr, 2 Jeanne, Léonie, Louise, Lucie, Lugarde, Liberta, 25 pierres grises et jaunes de 30-25, 32-27, 37-27, 40-32, etc.   51

110

25 — Élisabeth, Isabel, Madeleine 2, Marguerite, Marianne, Marthe, Philomène, Priscille, Rosalie, Rose 2, Ritta, Sophie, Thérèse, Ursule, Victoire, Véronique, Zoé, Zélie, la divine Croix, etc. 24 pierres grises et jaunes 32-27, 37-27, 40-28, etc.   57

110

26 — Notre-Dame des Anges 2, de Bon Secours, de Bon Conseil, de la Charité, du mont Carmel 2, des Délaissés, des Sept Douleurs, de la Garde, de Gloire, des Navigateurs, de Consolation, du du Pilier, de Patience, du Rosaire, du Salut, de Souffrance, des Candélabres, des Voyageurs, de la Solitude, de Monscratte, de Merci 2, du Désert. 25 pierres grises et jaunes. de 32-27, 37-27, etc.   81

100

27 — Marie, N.-D. des Lumières, à la Ceinture, de Bonne Espérance, Nazareno, Miraculeuse, de Rimini, de la Salette, Médaille miraculeuse, 2 Assomption, Notre-Dame de Fourvière, de la Miséricorde. de Piété, etc. 24 pierres grises et jaunes, de 35-27, 38-28, etc.   62

115

28 — Sujets de la Vie de Jésus et divers sujets religieux, 27 pierres grises et jaunes, de 37-27, 38-27, etc.   61

SUJETS DIVERS

Tirage demi-cavalier

29 **Animaux** à 6 à la feuille, 4 pierres grises, 40-34, 41-38, etc. ; à 4 à la feuille, 2 pierres grises et jaunes, 42-32. En tout 6 pierres.

30 **Animaux** Ane, bœuf, brebis, cheval, vache, chèvre. 6 pierres grises de 32-27.

31 **Fleurs**. Collection de 18 pierres grises, de 32-27, 37-27, 43-33.

32 **Arabesques** et Ornements depuis la Renaissance, par *Pecheux*, 21 pierres grises et jaunes de 35-25, 37-27, 43-27, etc.

33 — Ornements par *Pecheux*, 21 pierres grises et jaunes de 35-24, 37-27, 44-32, etc., dont couverture.

34 **Batailles** de Napoléon Ier. Guerre d'Italie, de Pologne, d'Amérique, Sébastopol, etc. Collection de 57 pierres grises et quelques jaunes, de 32-27, 37-27, 44-32, etc. Pourra être divisé.

35 **Chevaux**, par Victor Adam. 11 pierres, 4 grises 54-41, 6 grises 49 39, Marengo jaune 44-37.

36 **Portraits** de littérateurs, Dumas, Lamartine, Voltaire, etc. Généraux anciens et modernes, Napoléon Ier, Joséphine, et famille, Généraux étrangers, Garibaldi et autres célébrités. Collection de 87 pierres grises dont 8 jaunes de 32-25, 37-27, 44-32, etc. Pourra être divisé.

37 **Fantaisies**. Sujets familiers, l'Horoscope, la Prière, la Chèvre chérie, la Colombe, Conte de grand'mère, etc. Collection de 12 pierres grises de 43-32, 44-32.

Tirage   Prix
           tirage

182   6.50

475   16

2717 noir   95
  74 couleur   5
————   ———
2791   100

 91   3

5223   184

2751 noir   95
  37 coul   2
————   ——
2788   97

Prix tirage	tirage
17	515
12	377
18	579
34	987
122	3491 noir
8	139 coul.
130	
57	1651
98	2807 noir
5	72 coul
103	
50	1421 noir
7	94 coul
57	

Valeur
Pierres

56 **47 Divers. Sujets en travers.** Croix d'or 4, Enfant prodigue 4, Fêtes Noël, Pâques, Dieu, Marie, Gonzalve 4, Geneviève 4, Guillaume Tell 4, Abeilard et Héloïse 4. Collection de 28 pierres grises de 32-27, 37-27, etc.   *110*

51 **48 —** Héroïne de Sinope 4, Ines de Castro 4, Joseph 4, Jean Bart 4, Marie Stuart 4, Fernand Cortès 4, Malek-Adel 4. 28 pierres grises de 32-27, 35-27, 37-27.   *110*

30 **49 —** Paul et Virginie 4, Philomène 4, les Saisons 4, Télémaque 4, Aventures d'un officier français en Afrique 4, Estelle et Némorin 4, Mazeppa 4, 29 pierres grises 34-27, 37-27, 38-27, etc,.   *115*

29 **50 Divers.** Marchand de lunettes de *Gavarni*, Marchand de coco ~~et autres~~ de *Victor Adam*, Faust, Danse, Charité, ~~Prière~~, Baise maman, Figaro, etc. Collection de 15 pierres, 10 grises, 5 jaunes de 27-32 39-27, 40-33, 49-32 etc,.   *70*

SUJETS RELIGIEUX

Tirage format jésus

21 **51. En buste.** Sacré-Cœur de Jésus 2, Sacré-Cœur de Marie 2, le bon Pasteur, Ecce Homo, 7 pierres, 2 grises et 4 jaunes 49-41, 54-43, 59-49.   *105*

15 **52 — Saints.** Antoine de Padoue, Joseph, Louis de Gonzague, Jean, le Sauveur. 5 pierres grises 49-38, 49-41, 55-44.   *70*

10 **53 — Saintes.** Hélène, Marie, Vierge au raisin, à la chaise, 4 pierres, 3 grises 48-40, 54-49, etc., dont une jaune. *15-13*   *65*

Tirage   Prix
                      Tirage

3168 noir   110
 192 coul.   14
————   ———
3360   124

2354 noir   81
 198 coul   14
————   ——
2552   95

2868 noir   100
 216 coul   14
————   ———
3084   114

 372   12

247 noir
 21 Coul
———
268

162 noir
 13 Coul
———
175

 65
  7
——
82

				158	50
500	lithographies Saints	5 ..	98 gravures in folio	19	
600		5 50	99	8	50
560		7	100	12	
700	Lithog. coloriées	15	100	10	
500	Lithog	7	100	8	
500		5	100	5	
500	Coloriées, Portraits	5	100	4	
500	Lithog	5 50	100	4	
600		5 50	100	4	
400	Suj. Religieux	20	100	4	
500		5 ..	24 Couleur	14	
500		5 50	24 Couleur	11	
500		6	300	20	
500		6	100	4	50
500		8	200	17	
500		8	200	16	
650		7	200	10	
600		7	200	10	
370		4 50	100	7	50
220		5 50	200	14	
118	Coloriée	5 50	200	15	
295	Coloriée	7 50	200	12	
150		2 50	34 Couleur	14	
		158 50		402	

	402			624
150 Couleur	19	23	Chassis	12
Sans nombre	4	32	Chassis	21
407	3	17	Chassis	1
50	4	14	Cadres or faux	8
412	3	11	Cadres or faux	8
400	5	8	Cadres en chassis	3 50
416	4 50	9	Cadres or faux	5 50
354	4	12	Cadres or faux	5
640	8	51	Cadres	9
729	10	37	Chassis	6
250 Couleur	8	47	Cadres	3 50
200	4 50	30	Cadres	4
23 Chassis avec lith. coloriée	15 50	27	Cadres	10
30 Chassis	14	20	Cadres	4 50
24 Chassis	6 50	52	Cadres et Verres	5 50
25 Chassis retouchés a l'huile	20	74	Cadres en glaces	6
19 Chassis napoleon	8	8	Cadres	4 50
25 Chassis	12	37	Cadres	2
25 Chassis	15	7	Cadres	7
25 Chassis	14	14	Cadres	9
25 Chassis	14	6 2 Peinture 4 Chromo s/verre		12
24 Chassis	12	95	Chassis nuds	6 50
24 Chassis religieux	14	2 Peintures et 2 lith retouchée l'huile		9
	624			792 50

Tirage

128 noir
 43 coul

171

170 noir
 21 coul

191

255 noir
 17 coul

272

232 noir
  7 coul

239

101 noir
  5 coul

106

133

54 Saints en pied. Antoine ermite pierre *double* avec Vincent de Paul, 49-44 jaune; — Antoine de Padoue 49-40 grise; —Jean-Baptiste, 52-40 jaune; — François d'Assise, 49-37 grise; — Nicolas, 49-40 grise; — Paul, 49-44 jaune; — Pierre, 49-37 jaune. 5 pierres.

55 Saintes. Anne, Catherine de Sienne, ~~Françoise~~, Jeanne, Madeleine, Ritta de Cassia, Rose, Thérèse, sœur de charité. 9 pierres 49-39, 54-43, etc., dont 2 jaunes.

56 — Sainte Marie, Notre-Dame des sept Douleurs, ~~de Merci~~, du Mont Carmel, du Pilier, du Rosaire, Immaculée-Conception cassée, collée à saint François Xavier pierre grise de 53-43, l'Assomption. 8 pierres dont 3 grises, 49-38, 59-48.

57 — Sainte Trinité, Nativité, Jésus-Christ en croix 2, Descente de croix, Ange gardien. 6 pierres grises, 49-39, 54-38, 56-43, etc.

SUJETS DIVERS

58 Sujets historiques. Maleck Adel. 4 pierres grises dont une cassée, 55-44; — Mazeppa 4 pierres grises 44-32, 49-41, 59-49 et 55-44, cassée. En tout 8 pierres dont 2 cassées.

59 — Guerre d'Amérique 2, Mexique, Puebla, Prise de Canton 2, Delhi pierre *double* avec déjeuner, Dîner, Bataille grecque. 9 pierres grises dont une jaune, 49-40, 54-43, etc.

2 4 60 — La Garde meurt, Moscou, Après la Bataille,   *125*
Entrée à Constantinople pierre *double* avec le
Passé, le Présent, Napoléon et son fils, Départ
de troupes, Roi et reine de Grèce. 8 pierres grises et jaunes 49-39, 49-41, etc.

3 8 61 **Batailles**. Alma, Inkermann, Malakoff, Sébas-   *155*
topol 2, Tchernaïa, Montebello, Palestro, Solfé-
rino, Turbigo. 10 pierres grises dont 3 pierres
jaunes, 49-38, 50-39, 52-42, etc.

6 1 62 **Vénus**. Miroir ; — Abondance ; — Aigle —   *86*
des eaux, 4 pierres grises 52-42, 54-44 et 60-49
dont une jaune.

2 9 63 **Divers en travers**, Fandango, Contre-   *110*
bandiers, Dime, Mort du cerf, Pêche, Retour de
pêche. 6 pierres grises 50-40, 53-44, 69-49 dont
une jaune de 50-39.

4 0 64 — L'Ouverture de la chasse, Parapluie à deux   *100*
usages, les Moissonneurs, Retour de la fête,
Brigands. 5 pierres grises 48-37, 60-49 dont une
jaune 49-41.

1 4 65 **Divers en hauteur**. Départ du conscrit,   *65*
Retour, Quand l'amour vient, s'en va. 4 pierres,
2 grises 55-43, 2 jaunes 49-39.

2 0 66 — Douce conversation, Séduisants propos,   *75*
Serez-vous constant, Serez-vous discret. 4 pierres
grises 54-43, 55-47.

2 2 67 — Coquin d'oncle, Gredin de neveu, Je ne veux   *95*
plus de lui, Je me fais soldat, 4 pierres grises,
54-44, 60-49, 66-31. *16-26-*

Elevage

62

166

93

142 noir
  6 coul
―――――
148

77

77
 2
―――
79

58
 9
―――
67

68

Tirage.

chemin De croix

70 Coll. noir
3 Coll. coul.
———
1022
70 noir
2 coul
———
100 + épreu

184 noir
21 couleu
———
205

123 noir
3 couleu
———
126

193 noir
16 couleu
———
209

322 noir
51 couleu
———
373

294 noir
15 couleu
———
309

122 noir
14 coul
———
136

SUJETS RELIGIEUX

Tirage format colombier

650 — 68 — Stations : 1re avec Némorin, pierre *double*; — 179
2e avec Baptême, pierre *double*; — 3e pierre *double*; — 4e avec Vierge au raisin pierre *double*; — 5e pierre *double*; les autres simples. 14 pierres grises de 54-70. 20-26

180 — 69 — Portrait de Jésus; — de Marie; — Mater; — 107
Ecce Homo. 4 pierres grises ds 54-70. 20-24

180 — 70 — Cœur de Jésus; — de Marie 2; — Cœur de 96
Jésus pierre *double*, avec Napoléon et son fils. 4 pierres grises de 54-70.

155 — 71 — Saint Joseph; — Vincent de Paul; — Vierge 56
à la légende; — Vierge à la chaise écornée 54-54; les autres 54-70. 4 pierres grises.

315 — 72 — Présentation. — Vincent et sœur; — Jésus 195
chassant, pierre *double*; — Mort du pécheur; — Mort du Juste; — Jérusalem; — Jésus bénissant. 7 pierres grises de 54-70.

335 — 73 — Nativité; — Pêche miraculeuse; — Sainte 210
Famille; — Adoration; — Baptême; — Mariage de la Vierge; — Résurrection de Lazare, pierre *double*, avec Industrie. 7 pierres grises de 54-70.

235 — 74 — Résurrection; — Assomption; — Samaritaine; 190
Femme adultère; — Degrés des âges. 5 pierres grises de 54-70. + une 59 - 76

75 — Notre-Dame des sept Douleurs, pierre *double* avec chasse impériale; — Notre-Dame des navigateurs; — Notre-Dame du Rosaire; — du mont Carmel, pierre *double* avec le Christ et trois personnes; — Conception 2; — Christ, 7 pierres grises de 54-70, 59-76.

76 — Jésus bénissant; — Jésus, Marie, Joseph; — Descente de croix; — Jésus au jardin; — grand Christ. 5 pierres grises de 54-70, 59-76.

77 — Sainte Catherine, pierre *double*, avec Mexico; — saint Jean; — Thérèse; — Anne; — Roch; — Rose. 6 pierres grises de 54-70 dont une jaune.

78 — Saint Pierre; — Paul; — Jeanne; — André, pierre *double*, avec François Xavier; — Michel; — Philomène. 6 pierres grises de 54-70.

79 — Sainte Marguerite; — Sébastien; — Louise écornée; — Marie; — Louis, pierre *double*, avec Geneviève; — Françoise; — Antoine de Padoue. 7 pierres grises de 54-70, 59-76.

SUJETS DIVERS

Tirage format colombier

80 **Batailles** de Reischoffen; — Pont Noyelles; — Strasbourg — Bapaume, pierre collée avec Communion; — Pologne 2. 7 pierres grises de 54-70.

81 — Solférino, pierre collée avec Diner cassée; — Magenta 2; — Turbigo; — Marignan; — Montébello, — 6 pierres grises de 54-70 dont une jaune.

82 — Alma; — Sébastopol; — La Garde meurt; — Amérique 2. — 5 pierres grises de 54-70.

Tirage

401 noir
 34 coul
435

297 noir
  9 coul
306

274 noir
 14 coul
288

232 noir
 16 coul
248

306 noir
 24 coul
330

135 noir
 22 coul
157

157

184

Tirage

60 noir
11 coul
___
71

220 noir
1 coul

181 noir
30 coul
___
211

408 noir
7 coul
___
415

185 noir
4 coul
___
189

265 noir
11 coul
___
276

230 noir
5 coul
___
235

343 noir
16 coul
___
359

90 noir
18 coul
___
108

83 — Justice et Paix; — Mac-Mahon; — Histoire de France. **3** pierres grises de 54-70.

84 — Rome, pierre *double* avec Déjeuner — Constantinople; — Tuileries, pierre *double*, avec Fête du pays; — Champ de Mars; — Vincennes. **5** pierres grises de 54-70.

85 **Divers** : Retour de noces, pierre collée, avec Automne; — Vendangeurs, pierre *double*, avec Condamnation de Jésus; — Retour de fête; — Moissonneurs. **4** pierres grises de 54-70.

86 — Amants curieux; — Mariée de village, pierre *double*, avec Je me fais soldat; — Virginie (forêt) pierre *double* avec teinte; Virginie, pierre *double*, avec Joséphine; — Héloïse 2. — **6** pierres grises de 54-70 dont une jaune.

87 — Jeux de Société, Dessous du chandelier; — Horloge avec Napoléon Ier; — Portier du couvent; — les Aunes de Rubans. **5** pierres grises de 54-70.

88 — Lune de miel; — Heureux parents; — Fête de la grand'mère; — Premiers soins, pierre *double*, avec Visitation. **4** pierres grises de 54-70.

89 — Prions pour père; — Jeunesse, Vieillesse; — Chien, Chat; — Fandango; — Jean-Bart. 4 pierres grises de 54-70, et une de 59-76. En tout **5** pierres.

90 — La Famille; — Ni l'un ni l'autre; — Conscrit; — Amour vient; — Estelle et Némorin (mouton); — Village abandonné. 6 pierres.

91 — Oiseau captif. — Brillant Papillon. — Trois Amis. — Chasseur, pierre *double*, avec Été. **4** pierres de 54-70, deux grises, deux jaunes.

Valeur
Pierres

130

92 — Chaperon rouge, pierre *double* avec Siége de Paris. — Samuel. — Première Pensée. — Toulouzaine. — Nymphe. — Premiers regrets. — Volontaire et Vierge à la chaise. Étude. — 8 pierres grises de 54-70.

365

Pierres nues

181 **93** — 1 de 76-59 — 7 de 70-54. — 8 pierres. *370*

61 **94** — 1 de 65-49, 1 de 59-49, 3 de 54-43, 3 de 49-40, 4 de 49-38, 1 de 49-32. En tout 13 pierres. *2.23*

90 **95** — 27 de 43-32, 4 de 40-32. En tout 31 pierres. *248*

30 **96** — 29 de 38-27. *29 pierres* *116*

71 **97** — 25 de 32-27, 4 de 32-24, 3 de 30-24. En tout 32 pierres. *128*

ON VENDRA

Après le n° 140 (Planches de cuivre et acier)

4 PRESSES BRISSET DONT UNE GRANDE

Environ 12 rouleaux dont un de teinte

5 COMPTOIRS, BUREAU, CASIERS, VITRINES, ETC.

Enfin tout le Matériel d'Éditeur et Imprimeur

Presse a Copier, Cisailles, 2 poêles

Tirage

625 noir
 23 coul
———
648

Tirage

20

38

37

42

16

PLANCHES DE CUIVRE ET ACIER

Tirage in-fol. et grand in-fol.

***

Planches

SUJETS RELIGIEUX

200   98 Assomption. — Résurrection par *Laporte*, d'après *Coyppel*, 2 planches en hauteur. — La Cène. — Les Noces de Cana. 2 planches en travers par *Leblanc*, 4 planches d'acier manière noire.   *16*

140   99 — Le Veau d'or. — Jacob chez Laban. — Moïse 4 sujets; 6 cuivres.   *78*

100   100 Le Samaritain. — La Samaritaine, 2 planches en hauteur. — Jésus résuscite le Fils. — Saint Joseph réveillé. 2 pl., manière noire en travers, 4 planches de cuivre.   *50*

100   101 Jésus dans le temple. — Baptême de Jésus 2, manière noire en travers. — Repos. — Fuite en Egypte par *Avril*, d'après *Vanderverf*. 4 planches de cuivre.   *60*

***

SUJETS DIVERS

90   102 Tout passe avec le temps. — La Reconnaissance. — Passage du Styx. 3 planches de cuivre.   *36*

150   103 La Mariée par *Debucourt*. — La Servante grondée d'après Mme *Haudebourg*. 2 planches de cuivre, manière noire.   *75*

70   104 Danger de la précipitation. — Marchande d'oranges. — Marchand de mouchoirs. 3 planches de cuivre.   *36*

Planches

28	105 Incendie. — Naufrage. — Invalide malade. 3 planches de cuivre.	60
30	106 Rendez-vous de Bianca Capello burin par *Leroux*, d'après *Ducis*. — Malvina, manière noire; 2 planches de cuivre.	80
23	107 La Préface de Gil-Blas. — La bonne Fille. — La Réconciliation d'après *Stephanoff*, 3 planches d'acier par *Reynolds*, manière noire.	90
37	108 Les Nymphes au bain par *Mussol*. — Vénus sur les eaux. 2 planches de cuivre.	70
90	109 **Chasses** au cerf d'après *Lepaulle*, par *Girard*. 4 planches d'acier.	200
53	110 — Au loup, au sanglier, d'après *Oudry* par *Huquier*. — Chasses au renard d'après *Turner*, par *Vogel*, 4 en tout. 6 planches de cuivre.	180
30	111 — Cheval sauvage attaqué par des tigres. — Jument et son poulain attaqués par un taureau. 2 planches de cuivre par *Hurliman*, d'après *Le Dieu*.	80
50	112 La Pêche à la ligne. — Retour de la pêche. 2 planches par *Benazech* d'après *J. Vernet*. — Vues dans l'Inde 2. — 4 planches de cuivre.	100
16	113 Vue générale du Palais-Royal, manière noire par *Salathé*, cuivre. — Le Pont Neuf, acier. 2 planches.	60
24	114 Gibiers. — Poissons. — Fruits. — Fleurs. 4 planches de cuivre, manière noire par *Berthoud*.	120
25	115 Maréchal-ferrant français par *Debucourt*. — Maréchal-ferrant anglais. — Cheval sortant. — Cheval pansé. 4 planches de cuivre, manière noire par *Coqueret*, d'après *Carle Vernet*.	100

tirage

20

10

8

18

23

106

28

Tirage

103

41

11

121

14

7

80   **116** Le Départ du chasseur. — Le Chasseur. — Le   43
Chasseur au tirer. — Le Retour du chasseur.
4 planches de cuivre, manière noire, par *Debu-court*, d'après *Carle Vernet*.

220   **117 Mamelucks**. Sortie du fort par *Debucourt*. —   50
Rentrée au fort par *Coqueret* — et 4 autres sujets
par *Jazet*. 6 planches de cuivre, manière noire,
d'après *Carle Vernet*.

80   **118** Anaïs. — Rachel. — Grecs, scène de douleur et   40
de carnage. 4 planches de cuivre.

120   **119** Antoine et Cléopâtre. — Vengeance de Leontes.   12
— Laertes et Ophelia. — Troilus et Cressida.
2 4 planches de cuivre, manière noire.

60   **120** — Les Chevaliers danois dans les jardins d'Ar-   22
mide. —Pâris et Hélène d'après *David*, par *Avril*.
2 planches de cuivre.

360   **121** La vie d'Achille, collection de 6 sujets. Texte   80
historique français et grec, tiré de l'Illiade
d'Homère. 6 planches de cuivre.

200   **122** Batailles d'Alexandre, d'après *Ch. Le Brun*.   87
Manière noire, 4 planches de cuivre.

120   **123** Brennus. — Camille. — Coriolan. — Regulus.   80
Manière noire, 4 planches de cuivre.

120   **124** Agrippine. — Annibal. — Marc-Antoine. —   90
Priam. 4 planches de cuivre.

120   **125** Alexandre. — Antoine. — Érasistrate. — Épa-   92
minondas. 4 planches de cuivre.

120   **126** Histoire d'Enée, collection de six sujets. 6 plan-   110
ches de cuivre.

120   **127** Histoire de Lycurgue, collection de six sujets.   180
6 planches de cuivre.

Planches

120

128 Sujets historiques. Charles Ier. — Cromwell dissout le Parlement, 2 cuivres. — Élisabeth. — Marie Stuart d'après *Johannot*, 2 aciers. 4 planches, manière noire.   240

46

129 Mazeppa. 4 planches de cuivre, manière noire.   120

59

130 Combats navals contre les Anglais. Sujets différents gravés au burin. 5 planches de cuivre.   100

35

131 Napoléon Ier à cheval. — Mort de Napoléon. — Louis XVIII. 4 planches de cuivre.   70

50

132 Arcole. — Révoltés du Caire. — Pestiférés de Jaffa. — Dresde. — Leipsick. — Marengo. Manière noire. 6 planches de cuivre.   180

56

133 Courage malheureux. — Ratisbonne. — Veille d'Austerlitz. — Wagram. — Apothéose. — Le Songe. Manière noire, 6 planches de cuivre.   180

27

134 Distribution des drapeaux. — Camp de Boulogne. — Eylau. — Moscowa. — Pyramides. — Wagram. Manière noire, 6 planches d'acier.   180

45

135 Austerlitz. — Friedland. — Lutzen. — Waterloo. — Fontainebleau. — Ile d'Elbe. Manière noire, 6 planches d'acier.   180

27

136 Pénibles Adieux de Lesurques à sa famille par *Aug. Desnoyers*, an X, d'après *Hilaire Ledru* an VI. 1 planche de cuivre.   100

20

137 Dernière Entrevue de Louis XVI avec sa famille, au Temple, le 20 janvier 1793. 1 pl. de cuivre.   100

19

138 Plusieurs petites Planches de cuivre et acier. Sujets divers gravés.   38. *Religieux et napoléon*

139 Peintures (Paysages différentes grandeurs).

140 Grand nombre de Lithographies (Pierres fines). *Effacées*

32   *13 cuivres Sujets religieux*

V^{es} RENOU, MAULDE et COCK, impr^s de la Cie des Commissaires-Priseurs, rue de Rivoli, 144.   71467

2   *2 aciers Sujets religieux*

50   *13 Cuivres Sujets religieux et napoléon*

tirage

306

111

22

126

42

50

85

6